Helden, Freunde, Detektive

NUR FÜR STARKE JUNGS

HELDEN, FREUNDE, DETEKTIVE

Loewe

ISBN 978-3-7855-6754-8
1. Auflage 2009

Umschlagillustration: Martina Theisen
Reihenlogo: Angelika Stubner
Printed in Italy (011)

www.leseleiter.de
www.loewe-verlag.de

Inhalt

Mister X

Wie jeden Mittwochnachmittag ist Sebastian allein zu Hause. Er muss ein Gedicht aus dem Lesebuch abschreiben und auswendig lernen. Die erste Strophe hat er gerade geschafft, als das Telefon läutet. Sebastian nimmt den Hörer ab und meldet sich. Am anderen Ende der Leitung ist ein Rauschen zu hören.

„Hallo!“, sagt Sebastian.

Nichts. Sebastian hört nur das Rauschen. „Komisch“, murmelt er und legt auf.

Es dauert nicht lange, da läutet das Telefon wieder. Sebastian zögert kurz, dann nimmt er ab und nennt seinen Namen. Am anderen Ende meldet sich niemand.

„Hallo!“, ruft Sebastian. „Wer ist denn da?“

Nichts. Sebastian hört wieder nur das Rauschen. Er will schon auflegen, da sagt eine krächzende Stimme: „Hier spricht Mister X. In einer Stunde werde ich dich holen.“

Sebastian lässt den Hörer fallen und läuft aus der Wohnung, als wäre der Teufel hinter ihm her. So schnell ihn seine Beine tragen, rast er zu seinem Freund Manuel. Dort drückt er so lange auf den Klingelknopf, bis Manuels Mutter öffnet.

„Was ist denn passiert?“, fragt sie verwundert.

„Er will mich holen!“

„Wer will dich holen?“, fragt Manuels Mutter.

Sebastian schnieft. „Mister X will mich holen."

„Was ist mit Mister X?", fragt Manuel, der gerade aus seinem Zimmer kommt.

Sebastian erzählt ihm und seiner Mutter die ganze Geschichte.

„Das ist garantiert so ein Lausejunge, der dir Angst machen wollte“, sagt Manuels Mutter.

„Den Kerl schnappen wir uns“, ruft Manuel und zieht Sebastian am Arm. „Los, komm mit!“

Die beiden gehen in Manuels Zimmer.

Dort denken sie scharf nach. Genau genommen denkt nur Manuel scharf nach. Dem armen Sebastian sitzt der Schreck noch zu sehr in den Gliedern und im Kopf.

„Dieser Mister X hat gewusst“, beginnt Manuel, „dass du allein zu Hause warst. Und woher hat er das gewusst?“

Sebastian zieht die Schultern hoch.

„Er muss dich gut kennen und wissen, dass du mittwochs immer allein zu Hause bist.“

„Mich kennen viele“, murmelt Sebastian.

„Aber nicht alle“, sagt Manuel. „Und alle, die dich nicht kennen, können auch nicht Mister X sein. Klar?“

Das ist sogar dem armen Sebastian klar.

„Und nun zu dem Anruf“, fährt Manuel fort. „Hast du keine anderen Stimmen oder verdächtige Geräusche gehört?“

„Stimmen nicht, nur so ein komisches Rauschen“, antwortet Sebastian.

„Was war das für ein Rauschen?“

Sebastian versucht, sich genau zu erinnern. „Es hörte sich an wie Wasser.“

„Wie Wasser?“

Sebastian nickt. „Ja, wie ein laufender Wasserhahn oder eine Klospülung, die nicht aufhört.“

Manuels Gehirn arbeitet auf Hochtouren. „Könnte es auch ein Bach gewesen sein?“

„Ein Bach?“ Sebastian überlegt. „Ich glaube schon.“

„Dann wohnt Mister X am Schlossbach“, stellt Manuel fest.

„Meinst du?“, fragt Sebastian.

„Klar.“ Manuel ist sich seiner Sache sicher. „Jetzt müssen wir nur noch herausbekommen, wer am Schlossbach wohnt, dich gut kennt und dir eins auswischen wollte.“

„Ich weiß aber nicht, wer am Schlossbach wohnt“, sagt Sebastian. „Ich weiß nur, dass dort das Hochhaus ist.“

„Die Sabine aus unserer Klasse wohnt am Schlossbach“, sagt Manuel.

„Die war es bestimmt nicht“, meint Sebastian. „Die hat keine so tiefe Krächzerstimme.“

Nach langer Beratung bleiben zwei Jungen aus dem Hochhaus als mögliche Anrufer übrig. Lukas Rogler aus Sebastians und Manuels Klasse und Jörg Huber aus der vierten Klasse.

Sofort laufen Manuel und Sebastian zum Hochhaus, um den Fall zu klären.

„Fällt dir was auf?“, fragt Manuel. „Hier vorne ist der Bach kaum zu hören. Also muss die Wohnung von Mister X nach hinten zum Bach rausgehen. Wir müssen ins Haus und nachsehen, wo Jörg und Lukas wohnen.“

Manuel und Sebastian schleichen zum Eingang. Eben kommt eine Frau heraus und bevor die Tür wieder zuschnappt,

sind die beiden schon drin. Sie huschen durch das Treppenhaus und lesen die Namensschilder an den Türen. Nur Jörg Huber wohnt im hinteren Teil des Hochhauses.

„Jetzt haben wir ihn", sagt Manuel, als sie wieder unten sind. Er entdeckt Jörgs Fahrrad im Fahrradständer. „Komm, dem lassen wir die Luft aus den Reifen!"

„Und wenn er es gar nicht war?"

Sebastian ist sich nicht so sicher wie Manuel.

„Der war's", sagt Manuel. „Und selbst, wenn er es nicht war, lassen wir ihm die Luft raus. Weil er so ein doofer Angeber ist."

„Ich muss aber wissen, ob er es war", murmelt Sebastian.

Da hat Manuel eine Idee. Er läuft zum Eingang und drückt auf die Huber-Klingel.

„Ja, was gibt's?", krächzt Jörgs Stimme aus der Sprechanlage.

„Komm schnell runter, da will einer dein Fahrrad klauen!“, sagt Manuel.

„Ich komme!“

Manuel und Sebastian verstecken sich hinter der großen Mülltonne. Zehn Sekunden später kommt Jörg aus dem Haus gestürzt. Er sieht sein Fahrrad und ist erleichtert.

„Hallo, Mister X!“, ruft Manuel hinter der Mülltonne. Er und Sebastian zeigen sich.

„Wie... wieso ... wieso Mister X?“, stottert Jörg. „Ich bin nicht Mister X.“

„Klar bist du's", sagt Manuel. „Wir haben Beweise."

Jörg schaut sich ängstlich um. „Ich ... ich ... war's nicht. Ich hab nicht angerufen."

Manuel stupst Sebastian an. „Ach, du hast nicht angerufen. Das ist ja interessant. Wo hast du denn nicht angerufen?"

„Bei niemand", sagt Jörg und läuft zurück ins Haus.

„Glaubst du mir jetzt, dass es Jörg war?", fragt Manuel.

„So ein gemeiner Kerl!" Sebastian geht zu Jörgs Rad und lässt aus beiden Reifen die Luft raus.

„Damit wäre der Fall ja gelöst", sagt Manuel.

Das Duell im Schlangental

Maskiert stürmt die Bande von Black Jack die Bank von Sunny City.

„Hände hoch! Das ist ein Überfall!“ und „Das Gold her, aber ein bisschen dalli!“, rufen die Banditen wild durcheinander.

„Ihr kommt zu spät!“, sagt der Kassierer von Sunny City gelassen. „Wir wurden heute schon ausgeraubt!“

„WAS?“, schreit Black Jack zornig.

„Unser Safe ist leer!“, erklärt der Kassierer noch einmal. „Schau doch selbst!“

Tatsächlich: Der Banksafe ist ratzekahl leer, nicht ein müder Penny ist mehr drin!

„Wer wagt es, mein Geld zu stehlen?!“, schreit Jack außer sich vor Wut.

„Mit Verlaub, *unser* Geld ist gestohlen worden. Deins bestimmt nicht!“, unterbricht ihn der Kassierer.

„Papperlapapp!“, schimpft Jack und zieht mit seiner Bande beleidigt ab.

Es dauert nicht lange, bis die Leute von Black Jack ihre Rivalen aufgestöbert haben: Eine neue Bande hat sich in den Blauen Bergen eingenistet.

Black Jack greift höchstpersönlich zu Papier und Tinte und lässt durch einen Boten seinen Brief zustellen:

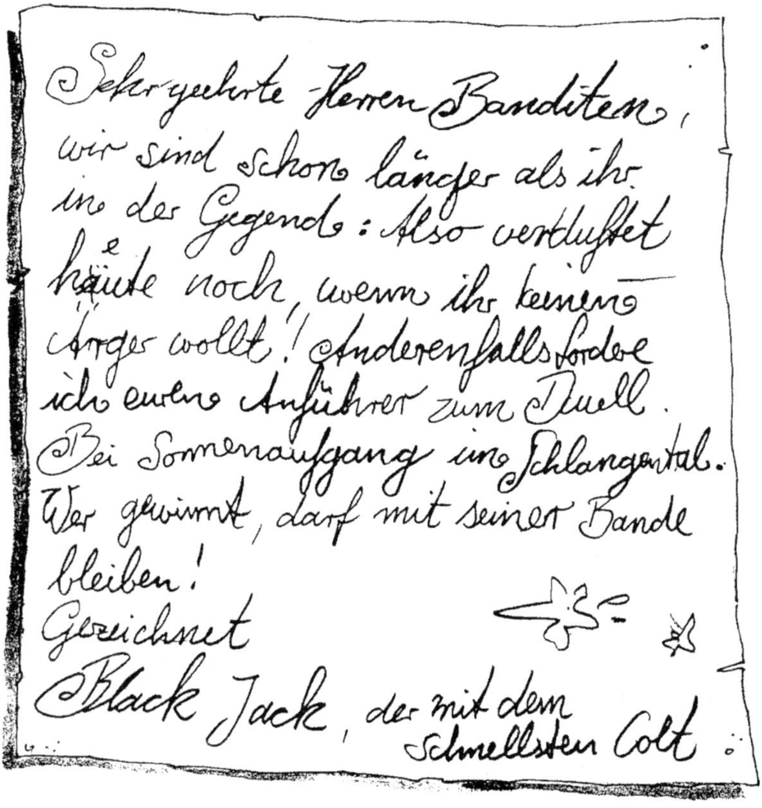
Sehr geehrte Herren Banditen,
wir sind schon länger als ihr in der Gegend: Also verduftet heute noch, wenn ihr keinen Ärger wollt! Anderenfalls fordere ich euren Anführer zum Duell. Bei Sonnenaufgang im Schlangental. Wer gewinnt, darf mit seiner Bande bleiben!
Gezeichnet
Black Jack, der mit dem schnellsten Colt

Als Black Jack bei Sonnenaufgang mit seinen Leuten ins Schlangental kommt, wird er schon erwartet.

„Die Lady hat hier nichts zu suchen!“, brüllt Black Jack sauer.

„Und ob ich hier was zu suchen habe! Ich bin Betty Bone und das hier ist meine Bande!“, johlt Betty. „Von mir aus kann das Duell beginnen!“

„Dann los!“, ruft Jack lachend. *Peng!* Schon hat Betty ihm seinen Colt aus der Hand geschossen. *Peng!* Mit einer zweiten Kugel fegt Betty Jack seinen schwarzen Cowboyhut vom Kopf. Dann feuert sie auf seine Stiefel, dass Jack hüpft wie ein verrücktes Känguru. *Peng, peng, peng!*

„Musik!“, ruft Betty. Und schon bläst einer auf der Mundharmonika und Bettys Bande grölt: „Old MacDonald had a farm.“ Der arme Jack muss dazu tanzen, und wenn er nicht hoch genug springt, hilft Betty mit einer Kugel nach.

„O.K., du hast gewonnen!“, keucht Jack. „Wir ziehen heute noch ab!“

„Jippieh!“, rufen Betty und ihre Banditen. Ausgelassen winken sie der Bande von Black Jack hinterher. Denen haben sie es aber gezeigt!

„Old MacDonald had a farm“ wird ab sofort Bettys Bandenhymne. Aber immer, wenn Black Jack das Lied zufällig irgendwo hört, bekommt er einen Wutanfall, gegen den selbst ein Tornado harmlos ist!

Tom

„… wie immer am Ferienende sind die Autobahnen völlig überfüllt … fünfzig Kilometer auf der A 27 …“ Toms Vater macht das Autoradio aus und schimpft: „Warum muss so was immer uns passieren?“

Tom und seine Eltern fahren aus dem Urlaub wieder nach Hause. Das heißt, fahren kann man das nicht nennen. Eigentlich stehen sie, und zwar im Stau.

Aber Tom findet Staus gar nicht so

schlecht. Er guckt gern aus dem Fenster und beobachtet die Leute in den anderen Autos. Von links überholen sie jetzt ein rotes Auto mit drei Fahrrädern auf dem Dach, zwei großen und einem kleinen.

Auf der Rückbank sitzt ein Mädchen und liest Mickymaus. Tom kurbelt sofort die Scheibe runter und streckt ihr seine Comichefte entgegen. Alles Mickymaus! Das Mädchen schaut auf und lächelt zu ihm herüber. Aber auf Toms Fahrbahn geht es langsamer vorwärts und schon ist das rote Auto wieder weg.

„Ich glaube, du kannst deine Comicsammlung noch mal lesen“, sagt Toms Mutter. „Weiterfahren können wir jedenfalls nicht so bald.“

Das ist das Letzte, wozu Tom Lust hat. Drei Wochen lang hat er immer und immer wieder die gleichen Hefte gelesen: Mickymaus Nummer 176 bis 181. Die kann er jetzt wirklich auswendig. Aber vielleicht hat das Mädchen ja ein neues Heft?

Draußen auf der Straße stehen die Autos inzwischen still. Manche Leute sind sogar ausgestiegen, um sich die Füße zu vertreten. Auch Tom tut vom stundenlangen Sitzen der Po weh.

„Ich bin mal kurz weg!“, ruft er seinen Eltern zu und steigt einfach aus. So weit

sein Auge reicht, sieht er Autos: große, kleine, bunte, graue … Tom stellt sich auf die Zehenspitzen. In dem riesigen Automeer sucht er nämlich nach einem ganz bestimmten Wagen. Da! Ein Stück weiter vorne ragen über den Autodächern drei Fahrräder hervor: zwei große und ein kleines. Tom überlegt nicht lange und holt seine Comichefte von der Rückbank. Toms Mutter will noch etwas sagen, aber da ist er schon weg. Bis zum Fahrradauto ist es nicht weit.

Das Mädchen ist auch schon ausgestiegen. „Da bist du ja“, sagt sie.

Tom nickt. „Ja, ich wollte fragen, ob du mit mir Hefte tauschst.“

„Oh, die Nummer 179!“, ruft das Mädchen begeistert. „Die fehlt mir noch. Was willst du dafür haben?“

Tom zögert. Da ruft plötzlich jemand: „Klara, komm schnell ins Auto! Es geht weiter.“ Tom schaut sich um. Ein Stück weiter vorne fahren bereits die ersten Autos an.

„Ich muss zurück“, sagt das Mädchen.

Tom muss auch zurück. Aber wie? Die Autos um ihn herum lassen alle die Motoren an und Tom steht als Letzter mitten auf der Fahrbahn.

Da hört er das Mädchen rufen. „Das schaffst du nicht mehr! Steig bei uns ein!"

Tom hat keine Zeit mehr nachzudenken und springt in das rote Auto. In dem Moment fahren sie auch schon los.

„Nanu, wen haben wir denn da?“ Die Mutter von dem Mädchen hat sich umgedreht und guckt Tom erstaunt an.

„Ich bin Tom, aber ich muss zu meinen Eltern“, sagt Tom. Dabei steigt ihm eine Träne ins Auge.

„Nicht weinen“, sagt das Mädchen. Sie legt ihren Arm um Tom. „Ich heiße Klara. Und ich hab da schon eine Idee.“

Zuerst warten sie, bis Toms Eltern von links an ihnen vorbeirollen, und klopfen dann ganz fest gegen die Scheibe.

Toms Eltern nicken erleichtert. Sie fahren so, dass sie immer in der Nähe von Klaras Eltern bleiben.

Klara hat inzwischen etwas auf einen Zettel geschrieben. Sie drückt das Papier Tom in die Hand. „So, das musst du ans Fenster halten, wenn wir an deinen Eltern vorbeifahren."

Tom guckt sich das Blatt an. *Nächste Raststätte* steht darauf. Alles klappt wie am Schnürchen. Und kurze Zeit später schließen sich Tom und seine Eltern in die Arme.

Doch bevor die Reise weitergeht, flüstert Tom Klara noch etwas ins Ohr. Dann tauschen die beiden ihre Adressen und zwei Comichefte aus.

Später im Auto fragt Toms Mutter: „Sag mal, wer war das eigentlich?"

Tom schaut aus dem Fenster. „Das?", fragt er. „Das war meine Freundin Klara."

Ein echter Cowboy

„Jippieh!“, ruft John und wirft seinen Cowboyhut hoch in die Luft. Morgen geht es mit der Herde Richtung Kansas und er darf mit! Drei Monate quer durch die Prärie mit 6 000 Rindern – das wird ein Abenteuer!

Die anderen Cowboys sind alle älter als er und mustern ihn spöttisch.

„Was bist du denn für ’ne halbe Portion!“, grölt Big Ted zur Begrüßung.

John schluckt. Im Vergleich zu dem Riesenkerl ist er wirklich ein Federgewicht.

„Du willst also ein echter Cowboy werden!“, lacht MacNoll und nickt John zu.

„Was heißt hier *werden*!“, ruft John entschlossen. Schließlich hat er auf einer großen Ranch schon als Cowboy gearbeitet. Er hat das Vieh bewacht und zusammengetrieben, verirrte Rinder mit dem Lasso eingefangen und wilde Pferde eingeritten. Nur auf einem Viehzug war er noch nicht. Aber deswegen ist er ja hier!

„Kannst du überhaupt reiten?“, fragt Sam und tätschelt sein Pferd. „Ich wette, du kommst nicht einmal in meinen Sattel hoch, bis ich bis drei gezählt habe! Eins, zwei ...“

Blitzschnell springt John in den Steigbügel. Doch im selben Moment liegt er auch schon am Boden. Die Cowboys grölen vor Lachen.

Neben John liegt der Sattel.

„Verdammt!“, denkt John. „Der Sattel war nicht festgeschnallt!“ Kein Wunder, dass er vom Pferd gesegelt ist! Wie konnte er nur auf so einen billigen Trick reinfallen. Bedröppelt schleicht er sich zur Seite.

„Nimm's nicht so tragisch." MacNoll klopft ihm freundlich auf die Schulter. „Bevor du dazugehörst, musst du den Kerlen eben erst beweisen, dass du was kannst."

MacNoll kennt sich aus. Er hat schon einige Herden nach Kansas getrieben.

An einem Planwagen stellt er John jemanden vor.

„Billy ist der wichtigste Mann bei uns", sagt MacNoll.

„Dann sind Sie bestimmt der Boss?", fragt John ehrfürchtig.

„Aber nein! Ich bin der Koch!", kichert Billy.

„Morgen lasse ich mich nicht mehr so durch den Kakao ziehen!", nimmt sich John fest vor, als er am Abend unter seine Decke kriecht. Dann legt er den Kopf auf seinen Sattel und ist schon eingeschlafen.

Bei Sonnenaufgang wird er geweckt. Es geht los!

John gehört zu den Cowboys, die hinter

der Herde reiten sollen. Schnell weiß er, warum das nicht gerade der beliebteste Platz ist: Sie müssen in einer riesigen Staubwolke reiten, die die trampelnden Rinderhufe aufwirbeln. Hustend zieht John sein kariertes Halstuch bis über die Nase. So geht es schon besser.

Sosehr die Cowboys die Rinder auch antreiben, der Zug kommt nur langsam voran. John hat sich die Arbeit eigentlich spannender vorgestellt.

Doch das ersehnte Abenteuer lässt nicht lange auf sich warten.

Am nächsten Morgen ist es schwül und am Nachmittag hat sich der Himmel mit großen, schwarzen Wolken zugezogen.

„Wenn das kein Unwetter gibt!“, raunt ihm MacNoll zu. „Hoffentlich spielen die Viecher nicht verrückt!“

Gleich beim ersten Blitz- und Donnerschlag zucken die Rinder zusammen und geraten in Panik. In alle Himmelsrichtungen stürmen sie auseinander und rennen blind vor Angst los. Sie sind nicht mehr zu halten.

Sofort verfolgt John eine Gruppe von Rindern. „Los, Stormy, die holen wir zurück!“, ruft er und treibt sein Pferd an. So jagen sie über die Prärie.

Erst als das Gewitter weiterzieht und der Regen prasselt, werden die Rinder langsamer. John umkreist sie mit seinem Pferd und bringt sie endlich zum Stehen.

Inzwischen ist es dunkel geworden.

Verwirrt schaut sich John um. Als er den Rindern nachgejagt ist, konnte er nicht auch noch auf den Weg achten. Jetzt hat er nicht die leiseste Ahnung, wie er zurückkommt.

Er tätschelt sein Pferd. „Du weißt auch nicht, in welche Richtung wir müssen, oder?“, fragt er hoffnungslos. Als ob Stormy verstanden hätte, hebt er den Kopf und bläht die Nüstern. Dann läuft er los. John vertraut ihm. So treibt er die kleine Herde zurück.

„Das werde ich dir nie vergessen, Stormy!“, verspricht John seinem Pferd, als er endlich das Brüllen der riesigen Rinderherde hört. Vom nächsten Hügel aus sieht er auch schon die verstreuten Lagerfeuer.

„Schaut euch das an!“, ruft MacNoll erleichtert, als er John mit den Rindern kommen sieht. „Und wir dachten, wir müssen nicht nur die Kühe, sondern auch dich abschreiben, John!“

Mit trockenen Sachen und einer

doppelten Portion gebratener Bohnen wärmt sich John am Lagerfeuer.

„Das hast du gut gemacht!“ Big Ted klopft ihm anerkennend auf die Schulter. „Das hätte keiner von uns besser machen können!“

„Ehrlich?“, fragt John und strahlt.

Die Entdeckung der Erde

Wenn man hoch oben im Weltraum schwebt, sieht unsere Erde aus wie ein blauer Ball. Wenn man noch weiter wegfliegt, wird sie ein kleiner blauer Diamant. Von dort, wo Kapitän Do lebte, sah unsere Erde nur noch aus wie ein glitzerndes Staubkörnchen.

Kapitän Do war ein berühmter Weltraumflieger. Schon dreimal hatte er mit seinem Raumschiff die Planeten seines Sonnensystems umkreist. Weiter als er war noch nie jemand gekommen. Deshalb erhielt er den Auftrag, zu dem unbekannten blauen Planeten zu fliegen.

Der erste Versuch ging schief. Der Weg war viel weiter, als Kapitän Do gedacht hatte. Unterwegs bekamen er und seine Leute Angst.

„Wir haben zwar genug Wasser für den Hinflug. Aber was sollen wir trinken, wenn wir dort sind? Und was auf dem Rückflug? Wir werden verdursten!“, beschwerten sie sich.

Sofort kehrte Kapitän Do mit ihnen zu seinem Planeten zurück. Er ließ große Tanks an sein Raumschiff bauen. Jetzt hatten sie genug Wasser für alle.

Danach starteten sie zum zweiten Mal. Doch als sie die Hälfte des Weges geschafft hatten, bekamen seine Leute wieder Angst.

„Wir haben genug zu essen für den Hinflug. Aber was sollen wir essen, wenn wir dort sind? Und was auf dem Rückflug? Sollen wir verhungern?“, jammerten sie.

Da kehrte Kapitän Do wieder um. Er ließ große Vorratskammern am Raumschiff

befestigen. Sie wurden vollgestopft mit Brathähnchen, Pommes, Äpfeln, Würstchen, Schokolade, Erdbeereis und Rinderbraten. Sogar Fischstäbchen und Mayo nahmen Kapitän Do und seine Leute mit.

Dann, als sie gerade starten wollten, rief jemand: „Kapitän! Wir haben etwas vergessen! Was, wenn es auf dem blauen Planeten kalt ist? Wir brauchen Winterkleidung! Warme Mäntel, Mützen und …“

„Ha!", meldete sich ein anderer. „Wer sagt, dass es dort kalt ist? Es kann doch auch sehr heiß sein. Wir brauchen unbedingt Badezeug, Sonnenhüte und Ventilatoren."

Sofort wurde alles an Bord geschafft. Dann holten einige Männer noch ihre Kuscheltiere und Gameboys.

Als sie endlich alles im Raumschiff hatten, war für sie selbst kaum noch Platz.

Nun wollten sie starten, doch das Schiff schien an seinem Platz festzukleben. Es war zum Fliegen viel zu schwer.

Da ließ Kapitän Do alles ausladen.

„Wir fliegen ohne all den Plunder", sagte er.

Die Mannschaft meuterte.

„Was soll ich auf dem doofen Planeten, wenn es dort kein Erdbeereis gibt, keine Pommes und keine Mayo?"

„Ohne meinen Teddy fliege ich sowieso nicht!"

DO 35

„Und ich nicht ohne Wasser!“

„Na gut“, sagte Kapitän Do. „Dann fliege ich eben allein!“

Kapitän Do war ein mutiger Mann. Ohne all die Lasten war sein Raumschiff noch viel schneller als sonst. Trotzdem bekam er weiche Knie, je näher er dem fremden Planeten kam.

„Was mache ich, wenn meine Leute recht hatten? Wenn es auf dem blauen Planeten tatsächlich kein Wasser gibt, kein Essen und keine Kleidung? War ich dann mutig oder einfach nur dumm?“, dachte er.

Trotzdem flog er weiter. Als er schließlich auf der Erde landete, sah er sich um und seufzte erleichtert: Alles, was er brauchte, war schon da. Gleich hinter der Raumbasis stand ein Imbisslokal und daneben ein riesiges Kaufhaus.

Indianer im Stadtpark

Pascal ist sauer! Gestern Abend gab es einen tollen Indianerfilm im Fernsehen, aber Papa hat nicht erlaubt, dass Pascal so lange aufbleibt. Und dann hat Papa den Film noch nicht einmal auf DVD aufgenommen. Obwohl er es versprochen hatte! Denn zur gleichen Zeit lief in einem anderen Programm ein Liebesfilm, den Mama unbedingt sehen wollte. Aber dann ist sie schon vorher auf dem Sofa eingeschlafen und Papa hat den Film für Mama aufgenommen. Und sein Versprechen einfach vergessen. Typisch!

„Ein Indianer hält sein Versprechen immer!“, schimpft Pascal vor sich hin. „Und vergessen tut er auch nichts! Nie im Leben tut er das!“

Pascal will abhauen. Gleich nach der Schule packt er alles zusammen, was ein echter Indianer auf der Flucht so braucht: seinen bunten Wigwam, den Schlafsack, einen warmen Pullover für die Nacht, Pfeil und Bogen, eine Tüte Chips, eine Flasche Saft, zwei Tafeln Schokolade und drei belegte Brote. Und weil Weglaufen alleine keinen Spaß macht, ruft er schnell noch Igor, Mats, Hayati und Kevin an.

Eine halbe Stunde später treffen sich die fünf Freunde im Stadtpark. Jeder hat ein eigenes Zelt dabei. Die Jungs bauen sie im Halbkreis auf und hocken sich davor, damit sie geschützt sind: vor Wind, Naturkatastrophen und Angriffen bösartiger Bleichgesichter. Dann machen sie sich über ihre mitgebrachte Beute her. Zelte aufbauen macht nämlich hungrig.

„Wir sollten noch etwas übrig lassen“, meint Mats. „Für heute Abend und für morgen früh.“

„Für morgen früh?“, fragt Kevin verwundert. „Wieso? Übernachten wir hier etwa?“

„Was hast du denn gedacht?“, lacht Igor höhnisch. „Schließlich sind wir weggelaufen.“

„Wir sind weggelaufen?!“, ruft Kevin.

„Nicht wir“, stellt Hayati richtig. „Pascal.“

Kevin sieht Pascal erstaunt an.

„Du bist in echt abgehauen?“, fragt er. „Warum?“

„Weil Papa nie hält, was er verspricht!“, ruft Pascal wütend. „Und weil er mir nie zuhört. Und weil es ihm überhaupt total egal ist, was ich mache!“

„Das hab ich nicht gewusst!“, sagt Kevin kleinlaut. „Ich hab am Telefon nur ‚Indianerzelt‘ gehört und gedacht, dass wir uns zum Spielen treffen. Ich hab extra noch die Schminktasche von meiner Schwester mitgehen lassen. Für die Kriegsbemalung und so. Ja und dann …“

„Was dann?“, fragt Pascal lauernd.

Kevin beißt sich auf die Lippen.

„Dann hab ich meinen Eltern einen Zettel hingelegt“, gesteht er leise. „Auf dem steht, wo wir sind.“

Die anderen stöhnen auf.

„Na super“, sagt Pascal und wirft Kevin einen vernichtenden Blick zu. „Wenn meine Eltern merken, dass ich weg bin, rufen sie sofort bei dir zu Hause an. Dann erfährt mein Papa, wo ich bin. Und dann dauert es bestimmt nicht mehr lange, bis er hier auftaucht.“

„Stimmt“, sagt plötzlich eine Stimme. Die Jungs fahren herum. Pascals Papa ist zwischen zwei Zelten aufgetaucht.

„Pa-p-a“, stammelt Pascal.

Sein Papa sieht sich interessiert um. „Gemütlich habt ihr es hier“, meint er. „Darf ich mich zu euch setzen?“

„Ja“, sagt Pascal leise.

Sein Papa hockt sich in die Runde und nimmt sich einfach einen Riegel Schokolade.

Pascal wundert sich. Wieso schimpft Papa denn gar nicht?

„Du, Papa, dürfen wir heute Nacht hier schlafen?“, traut er sich deshalb zu fragen.

„Oh ja, bitte!“, rufen die anderen Jungs sofort.

Pascals Papa lacht, doch er schüttelt den Kopf.

„Nein“, sagt er und sieht Pascal an. „Es tut mir leid, dass ich gestern mein Versprechen vergessen hab. Und es ist mir ganz bestimmt nicht egal, was du machst. Aber im Park ist es nachts einfach zu gefährlich, selbst für mutige Krieger wie euch.“

Die fünf Jungs sind enttäuscht. Doch dann hat Pascal eine Idee.

„Wenn du auch hier bleibst und auf uns aufpasst, kann uns bestimmt nichts passieren, Papa“, sagt er. „Du kannst mit in meinem Zelt schlafen.“

Pascals Papa öffnet den Mund. Es ist ihm anzusehen, dass er von dem Vorschlag nicht sehr begeistert ist. Aber dann nickt er.

„Okay, also gut“, sagt er. „Aber nur, wenn ich der Häuptling sein darf. Und vielleicht erzähle ich euch später am Lagerfeuer auch noch eine spannende Indianergeschichte ...!“

Verstopfte Spürnase

Seit Tagen wird die Klasse 2b von fürchterlichem Gestank geplagt. Lüften bringt nicht viel. Kaum sind die Fenster wieder geschlossen, fängt es erneut an, zu müffeln.

„Mir reicht's", sagt Herr Lück. „Wir werden der Sache mit kriminalistischem Scharfsinn zu Leibe rücken. Ein Fünfer für die Klassenkasse, wenn ihr das stinkende Objekt aufspürt."

„Vielleicht liegt irgendwo ein toter Vogel", sagt Karol.

„Iih!“, rufen alle.

„Oder eine tote Maus im Schrank?“, meint Dorit.

„Uach“, ertönt der Klassenchor.

Auch Herr Lück verzieht das Gesicht. „Ich erhöhe die Belohnung auf einen Zehner, Kinder. Nasen auf und los.“

„Ich hab Schnupfen“, sagt Tom.

„Hm“, macht der Lehrer. „Pech, eine Spürnase weniger. Aber mit deiner

Erkältung hättest du sowieso lieber noch ein paar Tage zu Hause bleiben sollen."

„Ich wollte nichts verpassen", näselt Tom.

„Ich weiß ja nicht", sagt der Lehrer zweifelnd. „Aber was ist denn, Kinder? Ihr sucht ja noch gar nicht."

Die Kinder heben die Nasen. Der Lehrer steuert das Waschbecken an und schnuppert am Abflussrohr. Nichts. Er hält die Nase über den Mülleimer. Auch nichts.

Alle schnüffeln kreuz und quer durchs Klassenzimmer. Selbst die ausgestopfte Eule und der präparierte Karpfen im Schrank werden verdächtigt, den Gestank zu verströmen.

Tom bleibt sitzen. Er überprüft nur die Ablage unter seinem Tisch. Dort findet er sein Lineal, das er seit einer Woche vermisst. Moment mal – das Lineal! Plötzlich fällt Tom alles wieder ein.

Er erinnert sich an den Tag, an dem er sich gleich nach der Schule ins Bett legte. Er fühlte sich wie eine zu heiß gewaschene Wollsocke. Während die anderen Kinder nach der großen Pause noch im Klassenzimmer tobten, hockte Tom am Platz und betrachtete lustlos sein Pausenbrot. Obwohl es mit seinem Lieblingskäse belegt war, wickelte er es wieder ein und legte es auf den Tisch.

Plötzlich stolperte Sebastian auf Tom zu. Sebastian suchte Halt, erwischte aber nur Toms Lineal, das zur Hälfte über den

Tisch ragte. Auf dem anderen Ende des Lineals lag Toms Pausenbrot. Das Lineal schnellte in die Luft. Fasziniert verfolgte Tom die Flugbahn des Pausenbrotes. Mit mehreren Salti sauste es durchs Klassenzimmer. Sebastian donnerte mit dem Kopf gegen das Tischbein. Erst unter Mithilfe eines nassen Schwamms kam er wieder auf die Beine. Das fliegende Käsebrot ging im Trubel um Sebastian vollkommen unter.

Während Tom sich an die Käseflugstunde der letzten Woche erinnert, beginnt seine Nase erneut zu kitzeln und schon entfährt ihm ein brüllender Nieser.

Der Lehrer unterbricht die Spurensuche. „Willst du nicht doch lieber nach Hause gehen, Tom?“

„Gern“, sagt Tom hinter seinem Taschentuch hervor. „War aber trotzdem ganz gut, dass ich heute zur Schule gekommen bin.“

„Ich weiß ja nicht“, erwidert Herr Lück zweifelnd.

„Doch, wirklich“, sagt Tom.

Er geht zur Wandtafel und zieht sie nach unten. Er steigt auf einen Stuhl und beugt sich über den oberen Tafelrand. Tom zappelt mit den Beinen und kommt wieder in ganzer Größe zum Vorschein. Zwischen

Daumen und Zeigefinger seiner rechten Hand hält er ein schmuddeliges Päckchen.

„Was ist das denn Entsetzliches?“, fragt der Lehrer.

„Mein Pausenbrot von letzter Woche. Der Käse ist inzwischen wohl ein bisschen überreif. Aber ich rieche ja nichts."

„Und wie ist das Brot hinter die Tafel geraten?", fragt der Lehrer angewidert.

„Na ja – zuerst lag das Brot auf meinem Lineal", erklärt Tom. „Dann kam Sebastian und ..." Erneut fängt seine Nase an, ganz entsetzlich zu jucken. Tom winkt ab. „Tut mir leid, geht nicht. Ich erzähl es später."

Er verlässt das Klassenzimmer und schließt hinter sich die Tür. Er zieht die Oberlippe hoch, atmet durch den geöffneten Mund tief ein, seine Augen fangen an zu jucken, dann beginnen sie zu tränen. Einen Moment später dröhnen sieben Nieser durchs Treppenhaus.

Das Gänsehaut-Pulver

„Mit meiner neuen Erfindung werde ich endlich reich und berühmt werden“, behauptete Professor Antonius. Er schüttete noch ein bisschen Paprika in ein großes Glas und stellte seine Maschine an. Gelbes und grünliches Pulver wurde mit Wasser gemischt und lief knatternd durch lange Röhren. Dann wurde das Gebräu in einem Topf gekocht, bis das Wasser verdampfte und nur noch eine harte Kruste übrig blieb. Diese Kruste wurde zerstampft und zerbröselt.

Schließlich hatte Professor Antonius ein halbes Gläschen mit grünem Staub in der Hand, das er andächtig gegen das Licht hielt. „Endlich! Hier ist das erste Gänsehaut-Pulver. Eine Weltneuheit!“

„Und wozu, verehrter Professor, soll das Pulver dienen?“, fragte sein Gehilfe Leo schüchtern.

„Na, ist doch sonnenklar“, meinte der Professor. „Fast alle Menschen lieben den Nervenkitzel. Die einen sehen sich einen schaurigen Film an, die anderen lesen ein gruseliges Gespensterbuch und manche klettern sogar gefährliche Steilwände hoch. Mein Gänsehaut-Pulver ersetzt all diese Dinge. Man braucht nicht mehr aus dem Haus zu gehen, sondern kann sich ganz gemütlich zu Hause auf dem Sofa gruseln.“

Mit den Fingerspitzen nahm er etwas Pulver heraus und streute es sich in den Nacken. Gleich darauf wurde er blass und fing an, am ganzen Leib zu schlottern.

„Verehrter Herr Professor“, rief Leo erschrocken. „Sie müssen doch nicht Versuchskaninchen spielen. Immer testen Sie Ihre Erfindungen an sich selbst. Das geht doch nicht!“

Professor Antonius' Zähne klapperten laut, aber er grinste.

„Mein Pulver wirkt“, schnatterte er.

„Sehen Sie, was für eine schöne Gänsehaut ich bekommen habe?“ Stolz zeigte er auf seinen rechten Arm.

Plötzlich wurde sein Gesicht zornig. „Leider grusele ich mich überhaupt nicht. Ich friere nur, und zwar ganz entsetzlich ... EIN FEHLSCHLAG! Was für eine Enttäuschung! Die ganze Mühe umsonst! Das kann doch nicht wahr sein! Ich kann alles wegwerfen ...“

Er wollte das Glas mit dem Pulver auf den Boden schleudern, doch Leo konnte es gerade noch verhindern.

„Aber nein, verehrter Professor! Sie haben da eine geniale Erfindung gemacht“, rief er aus. „Ihr Gänsehaut-Pulver ist genau das Richtige für heiße Tage. Im Sommer, wenn die ganze Stadt schmort, wird man Ihnen Ihre Erfindung aus der Hand reißen! Denken Sie an all die Menschen, die in ihren Büros schwitzen, an die Schulkinder im Klassenzimmer, an die vielen Leute, die unter dem Dach wohnen müssen, wo es unerträglich heiß ist ...“

Professor Antonius lächelte, obwohl seine Zähne noch immer unaufhörlich aufeinanderschlugen.

„Ja, natürlich! Sie haben recht“, meinte er begeistert und zog gleich darauf fröstelnd die Schultern hoch. „Mein Gänsehaut-Pulver wird bestimmt noch ein echter Knüller!“

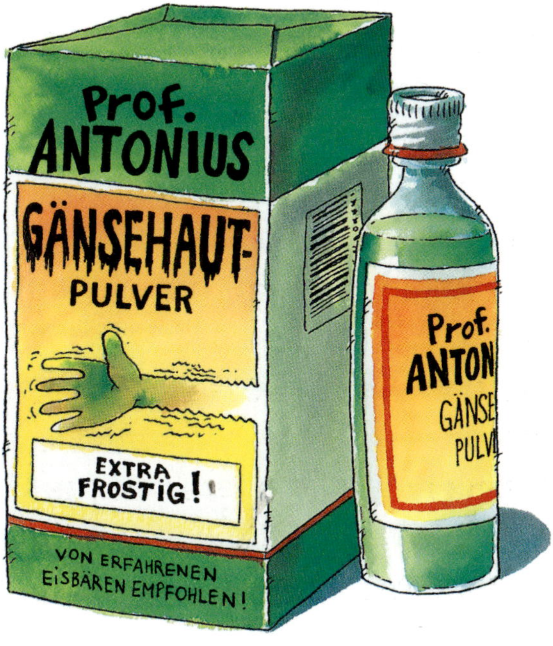

Klassenfahrt ins Mittelalter

Weil die letzte Klassenarbeit so gut ausgefallen war, versprach Lehrer Hansen seinen Schülern und Schülerinnen als Belohnung eine Überraschung.

Am Wandertag war es so weit. Ein Bus fuhr auf den Parkplatz vor der Schule.

„Wir fahren zu mir nach Hause“, verkündete Herr Hansen, als alle im Bus saßen.

„Och, ich wäre lieber in die Eissporthalle gefahren“, meinte Christiane.

„Und ich in den Zoo“, maulte Benjamin.

Der Lehrer grinste verschmitzt.

„Abwarten! Vielleicht gefällt es euch ja bei mir so gut, dass ihr gar nicht mehr wegwollt.“

Das konnte sich die Klasse kaum vorstellen.

Der Bus hielt vor einem großen Grundstück mit hoher Hecke und einem schmiedeeisernen Tor. Alle stiegen aus.

„Hallo, wir sind da", sagte Herr Hansen in die Sprechanlage. Wie durch Geisterhand geöffnet, schwang das eiserne Tor auf.

„Bitte sehr", sagte Herr Hansen, trat zur Seite und machte eine einladende Handbewegung. „Willkommen auf der Hansenburg!"

Neugierig drängte sich die Klasse durch das Tor. Das riesige Grundstück war wie ein mittelalterlicher Abenteuerspielplatz angelegt. Zur Rechten erhob sich ein runder, etwa drei Meter hoher Turm. Mit einer Strickleiter konnte man hinaufklettern.

Benjamin war gleich oben und entdeckte, dass auf der überdachten Plattform Schlafsäcke lagen.

„Super!“, rief er begeistert. „Hier oben würde ich auch gern übernachten!“

„Haben meine Kinder mal wieder ihre Schlafsäcke nicht weggeräumt?“, fragte Herr Hansen von unten.

„Haben Sie denn Kinder?“, hakte Christiane nach.

„Fünf Stück“, verkündete Herr Hansen stolz. „Adrian, Burkhard, Carola, Daniel und Elvira. Für sie habe ich all das hier gebaut.“ Er zwinkerte. „Und auch ein bisschen für mich. Ich wäre nämlich gerne ein Ritter geworden. Aber leider bin ich ein paar Jahrhunderte zu spät geboren.“

Außer dem Turm gab es noch mehr zu entdecken. Christiane fand einen Brunnen. Er enthielt zwar kein Wasser, aber man konnte sich an einem Seil in die Tiefe hinablassen. Jens und Paul mussten es gleich ausprobieren.

Kaum waren sie unten, zog Lehrer Hansen das Seil weg. „Das ist mein persönliches Verlies“, sagte er. „Wenn Schüler ihre Hausaufgaben nicht machen wollen ...“

„Hilfe!“, schrie Jens von unten. „Lassen Sie uns wieder rauf!“

„Nichts da“, meinte Herr Hansen belustigt. „Ihr bleibt jetzt mindestens vier Wochen da unten.“

„Dann verhungern wir ja“, jammerte Jens und tat so, als würde er laut heulen.

Plötzlich hörte das Geheule auf.
Als sich Christiane über den Brunnenrand beugte, konnte sie von den beiden Jungen keine Spur mehr entdecken. „Die beiden sind weg!“, schrie sie entsetzt.
„Was?“ Jetzt schaute auch Herr Hansen hinunter und machte ein betroffenes Gesicht. „Nicht möglich! Ob da etwa der Familienfluch –“ Er beendete den Satz nicht.

„Was für ein Fluch?“, fragte Christiane mit belegter Stimme.

Herr Hansen zuckte die Achseln und schwieg.

Benjamin und Sandra starrten einander an. Auch die anderen aus der Klasse waren verunsichert. Sie wussten nicht, was sie von der Sache halten sollten.

„Wahrscheinlich muss ich jetzt den Rektor benachrichtigen und den Verlust zweier Schüler melden“, grübelte Herr Hansen und legte den Finger an die Nase.

„Mann!“, sagte da eine Stimme. „So einen Weinkeller hab ich noch nie gesehen.“

Benjamin drehte sich um. Jens und Paul standen hinter ihnen und grinsten.

„Hoffentlich habt ihr meine Flaschen in Ruhe gelassen“, sagte Herr Hansen.

„Na klar, wir vergreifen uns doch nicht an fremdem Eigentum“, antwortete Jens.

„Wo kommt ihr denn auf einmal her?“, wunderte sich Christiane.

Paul deutete auf das Wohnhaus. „Durch die Garage. Vom Brunnen aus führt ein unterirdischer Gang in den Weinkeller, dann geht's ein paar Treppen hoch ...“

Jetzt wollten die anderen den Gang natürlich auch sehen. Einer nach dem anderen seilte sich ab und verschwand durch den Brunnen, um dann in der Garage wieder aufzutauchen.

Danach veranstaltete Herr Hansen ein Armbrust-Wettschießen. Als Sandra und Paul als Sieger feststanden, durfte die Klasse im Garten nach einem Schatz suchen.

Christiane entdeckte die Truhe in einem versteckten Baumhaus. Mit lautem „Hallo“ wurde der Deckel geöffnet. In der Schatztruhe lagen lauter Würstchen.

„Die grillen wir jetzt“, verkündete Herr Hansen fröhlich.

Bald zog der Duft nach gegrillten Würstchen durch den Garten. Die Kinder hatten es sich im hohen Gras gemütlich gemacht. Außer Würstchen gab es noch Kartoffelsalat, Himbeerpudding und jede Menge Limo.

Die Zeit verging wie im Flug. Als der Bus kam, wären die meisten gerne noch länger geblieben. Alle waren sich einig, dass es ein toller Ausflug gewesen war.

„So was hätte ich dem Hansen gar nicht zugetraut“, meinte Benjamin auf der Rückfahrt. „Die Überraschung ist ihm wirklich geglückt.“

„Auch wenn es keinen Familienfluch gibt“, ergänzte Christiane.

Ein ungewöhnlicher Spieler

Felix brütet noch immer über den Hausaufgaben, obwohl seine Uhr ihm zeigt, dass es gleich halb drei ist. Und dabei hat er mit seinen Freunden ausgemacht, dass sie sich um halb drei auf dem Bolzplatz treffen. Während er die letzte Aufgabe rechnet, sitzt er nur noch mit dem halben Po auf dem Stuhl. Und er ist nicht sicher, ob seine Rechnung überhaupt stimmt. Aber das ist ihm jetzt egal, er stopft die Schulsachen in die Tasche und zischt ab.

„Halt!“, ruft Felix’ Mutter. „Bist du mit den Hausaufgaben fertig?“

„Ja!“ Felix will an ihr vorbei.

„Halt!“, sagt seine Mutter noch einmal. „Bevor du Fußball spielst, gehst du noch mit Hercules raus.“

„Keine Zeit, die andern warten schon auf mich!“

„Entweder du gehst mit Hercules noch eine Runde Gassi oder du nimmst ihn mit auf den Bolzplatz“, sagt die Mutter sehr bestimmt.

Felix weiß, dass sie nicht nachgeben wird, und nimmt die Leine vom Haken. Hercules springt vor Freude bellend an ihm hoch. Felix hakt die Leine am Halsband ein und macht sich mit dem Hund auf den Weg zum Bolzplatz. Dort haben seine Freunde schon zu kicken begonnen. Felix bindet Hercules an dem Abfalleimer fest, der am Rand des Bolzplatzes steht. Der Hund schnüffelt in den Abfalleimer hinein und an ihm herum.

Dann hebt er ein Bein und hinterlässt seine Duftmarke.

Inzwischen haben die Jungen zwei Mannschaften gebildet und beginnen ein neues Spiel.

Hercules schaut zu und jedes Mal, wenn der Ball in seine Nähe kommt, rastet er beinahe aus. Er bellt und zerrt wie verrückt an seiner Leine.

„Sitz und gib endlich Ruhe!“, herrscht Felix ihn an.

Hercules zieht den Schwanz ein und kuscht.

Aber es dauert nicht lange, bis er wieder an der Leine zerrt. Dabei löst sich langsam die Schlaufe – und plötzlich ist Hercules frei. Sofort rast er los, überquert das halbe Spielfeld, nimmt Joshua den Ball ab und treibt ihn mit der Schnauze an den verdutzten Jungen vorbei.

„Hercules!“, brüllt Felix. „Gib sofort den Ball her!“

Doch diesmal hört Hercules nicht auf ihn. Er ist auf dem Weg zum Tor und lässt sich durch nichts und niemanden aufhalten. Der Torhüter starrt den ungewöhnlichen Angreifer mit großen Augen an und ist unfähig, etwas zu tun. Hercules läuft mit dem Ball vor der Nase an ihm vorbei ins Tor. Dort setzt er sich hechelnd neben den Ball, legt den Kopf etwas schief und schaut die Jungen an, als wolle er sagen: „Na, hab ich das nicht prima gemacht?“

„Der Ball ist im Tor“, sagt Felix. „Jetzt steht es 1 : 0 für uns.“

Yusuf tippt sich an die Stirn. „Wenn ein Hund ein Tor schießt, gilt das doch nicht!“

„Wieso nicht?“ Felix grinst. „Hercules ist mein Hund, und wenn er ein Tor schießt, zählt das für meine Mannschaft, ist doch klar!“

„Wenn das so ist, hole ich jetzt unsere Dogge und stelle sie ins Tor“, droht Joshua. „Dann traut sich von euch keiner mehr, ein Tor zu schießen. Und dein Spitz schon gar nicht.“

„Das war doch nur Spaß“, sagt Felix. „Das Tor zählt natürlich nicht.“ Er führt Hercules vom Platz und bindet ihn wieder am Abfalleimer fest. Dabei streichelt und lobt er ihn. „Das hast du ganz toll gemacht, mein kleiner Hercules. Du bist ein besserer Fußballer als einige der Jungs hier.“

Hercules leckt Felix die Hand ab und fiept vor Freude.

Gespenst für eine Nacht

Timos Großeltern wohnten in einem uralten Haus auf dem Land. Oma behauptete immer, es würde dort spuken, aber Timo glaubte ihr kein Wort. Er war sich sicher, dass sie das nur sagte, damit er sie öfter besuchen kam.

Am letzten Wochenende in den Sommerferien fuhr Timo endlich hin. Mit dem Zug. Allein und ziemlich widerwillig. Viel lieber hätte er mit Jonas am See gezeltet, als ein ganzes, langes Wochenende bei seinen Großeltern zu verbringen. Oma und Opa freuten sich dagegen sehr, als sie Timo vom Bahnhof abholten.

„Wie schön, dass du gekommen bist“, meinte Oma. „Leider musst du dieses Mal oben in der Dachkammer schlafen. Wir tapezieren nämlich gerade.“

„Schlafen ist gut“, sagte Opa und zwinkerte Timo zu. „Wo es doch bei uns so entsetzlich spukt. Ich wette, Herr Grau kommt dich gleich heute Nacht besuchen.“

„Er ist aber ein nettes Gespenst“, fügte Oma hinzu.

Timo machte ein gleichgültiges Gesicht. Dachten sie ernsthaft, dass er auf solche Märchen reinfiel? Also, dafür war er inzwischen wirklich schon zu alt!

Das mit dem Tapezieren war allerdings kein Märchen. Leider! Im ganzen Haus herrschte Chaos.

Überall standen große Rollen herum und es roch nach Kleister und Farbe.

Zum Glück gab es Timos Lieblingskuchen. Pflaumenkuchen mit viel Sahne, lecker! Timo verdrückte gleich drei Kuchenstücke und trank dazu jede Menge Limo. Satt und zufrieden kletterte er danach die schmale Leiter hinauf, um sich die Dachkammer mal genauer anzusehen. Hier war er noch nie gewesen. Es war ein winziges Zimmerchen mit schiefen Wänden und einem großen Bett. Unter dem Bett entdeckte Timo einen Nachttopf aus rosa Porzellan.

„Pfff!“ Timo schleuderte seinen Rucksack aufs Bett. „Von wegen Gespenster!“

Er packte seine Sachen aus und hängte die Kleider in den alten Schrank. Dann stellte er sich auf die Zehenspitzen und spähte durch das Dachfenster. Er konnte direkt auf den alten Friedhof schauen.

Viele Grabsteine waren verwittert und standen schief.

Mit einem Seufzer ließ sich Timo aufs Bett fallen. Das Wochenende würde sich bestimmt ziehen wie Kaugummi. Was hätte Timo dagegen alles mit Jonas unternehmen können! Bei dem tollen Wetter ...

Nach dem Abendessen spielte Timo eine Weile mit seinen Großeltern Karten, denn der Empfang des Fernsehgeräts war gestört. Timo ärgerte sich, dass er deswegen den Krimi verpasste, den er hatte sehen wollen. Und noch mehr ärgerte er sich darüber, dass dauernd Oma und Opa gewannen. Bald hatte Timo keine Lust mehr zum Spielen.

„Ich geh jetzt ins Bett“, verkündete er.

„Gute Nacht“, sagten Oma und Opa wie aus einem Mund.

Im gleichen Augenblick heulte draußen der Wind auf und Regentropfen prasselten wie kleine Kieselkörner gegen die Fensterscheibe.

„Wieso regnet es plötzlich?“, fragte Timo erstaunt. „Vorhin war es doch noch ganz sonnig. Ich hab überhaupt keine Wolken am Himmel gesehen.“

„Och, bloß ein Sommersturm“, meinte Opa.

„So was gibt es hier öfter“, sagte Oma, ohne sich aus der Ruhe bringen zu lassen.

Timo kletterte die Leiter zur Dachkammer hinauf. Eigentlich hatte er noch gar keine Lust zum Schlafen. Deswegen holte er sein Buch aus dem Rucksack und vertiefte sich in *Eiskalte Geisterhände*. Er hatte erst wenige Seiten gelesen, als mit einem Mal das Licht erlosch.

„Keine Sorge, nur ein Stromausfall“, hörte er seinen Großvater von unten rufen.

„Haben wir hier dauernd“, rief Oma.

Timo legte das Buch auf den Nachttisch und zog die Decke bis zum Kinn. Er war stinksauer. Warum war er bloß hierhergekommen?

Der Regen trommelte auf die Dachziegel. Durch die Ritzen am Fenster pfiff der Wind. Es klang wie leises Jammern.

„Pfff“, machte Timo wieder, „*ich* hab doch keine Angst. Und müde bin ich auch noch nicht.“

Trotzdem musste er für eine Weile eingenickt sein, denn mit einem Mal schwebte ein großer Mann neben seinem Bett. Timo fuhr sofort hoch.

Es regnete nicht mehr. Durch das Dachfenster fiel silbernes Mondlicht.

„Gut, dass du da bist“, sagte der Mann. Er war von Kopf bis Fuß grau – so, als hätte er in Zement gebadet. Sogar die Hände waren grau wie Staub.

Timo war starr vor Schrecken. Das Herz klopfte ihm bis zum Hals. Sollte er um Hilfe schreien?

„Einmal wieder in einem richtigen Bett schlafen“, murmelte der Graue, „das wünsche ich mir schon lange. Ich bin so müde ... Vertrittst du mich für diese Nacht?“

„W-w-wie?“, fragte Timo mit klappernden Zähnen. „W-w-was?“

„Ganz einfach“, sagte der Graue. „Du spukst heute Nacht an meiner Stelle und ich schlafe hier in deinem Bett. Abgemacht?“

„Ich?“ Timo machte große Augen. „Sie meinen ... ich soll ein Gespenst werden?“

„Nur für eine Nacht“, antwortete der Geist und gähnte. „Ich brauche unbedingt mal eine Pause, denn ich spuke hier schon seit zweiundfünfzig Jahren. Ununterbrochen, Nacht für Nacht.“ Er schaute sehnsüchtig auf das Bett.

Timo schluckte. „Klar, das versteh ich“, sagte er zögernd. „Na gut, einverstanden.“

„Danke.“ Der Graue lächelte. Dann hauchte er den Jungen an. Timo spürte den eiskalten Atem. Er fühlte sich auf einmal ganz leicht. Als er an sich heruntersah, merkte er, dass alles an ihm grau geworden war. Sogar der gestreifte Schlafanzug war verblasst. Außerdem schwebte Timo schon einen Meter über dem Bett.

„Ich kann ja fliegen“, jauchzte er begeistert.

„Sicher“, erwiderte der Mann, der jetzt wie ein normaler Mensch aussah. „Und durch Wände gehen. Durch Schlüssellöcher schlüpfen und als Rauch verduften. Also, viel Spaß und eine lustige Nacht!“

Dann kuschelte sich der Mann in die Bettdecke und drehte sich zur Wand. Gleich darauf hörte Timo, wie er zu schnarchen begann.

Timo war ganz aufgeregt. Das war einfach unglaublich! Er brauchte nur die Arme auszustrecken und sich irgendwohin zu denken – und schon bewegte sich sein Körper in die gewünschte Richtung! Am liebsten hätte Timo laut gejubelt.

Ob er wirklich durch Wände gehen konnte? Als er versuchsweise den Arm ausstreckte, verschwand dieser bis zum Ellbogen im Gemäuer.

„Wow!“, rief Timo begeistert. Er schwebte durch die Wand, glitt durch die Luft hinunter ins Erdgeschoss und flog ins Schlafzimmer, wo seine Großeltern schliefen. Timo kitzelte sie ein bisschen, aber sie wurden davon nicht wach.

„Schade“, dachte Timo. „Oma und Opa hätten vielleicht Augen gemacht!“

Timo schwebte weiter – hinaus ins Freie, über die Gemüsebeete und über den Zaun. Auf dem Friedhof wimmelte es von Gespenstern. Die meisten sahen zwei Geistern zu, die auf einer alten Grabplatte Schach spielten.

„Pass auf, du bist gleich deine Dame los“, warnte der neongrüne Geist seinen Gegner.

„Von wegen!“ Der andere – ein Kapitän mit altmodischer Uniform – lachte und rückte seine Figur vor. „Schach! Und schachmatt!“

„Ja, schachmatt“, riefen die Geister-Zuschauer und klatschten Beifall.

Jetzt entdeckten sie Timo. „He, wer bist du denn? Ein Neuer?“

„Nur eine Vertretung“, sagte Timo schnell.

„Wir wollen uns auch mal vertreten lassen“, schrien die Gespenster im Chor, so laut, dass es Timo vorkam, als müsse der ganze Ort davon aufwachen.

Schnell schwebte Timo hoch in den nächsten Baum.

Aber dort war er auch nicht ungestört. Im Gipfel saß ein Gespenstermädchen. Es hatte ein dickes Buch in der Hand.

„Ich bin Aurelia und lerne gerade für meine Gespensterprüfung. Kannst du mich bitte mal abhören?“

„Klar“, meinte Timo und begann, Aurelia abzufragen.

Aurelia gab lauter falsche Antworten.

„Ich kann mir das Zeug einfach nicht merken“, klagte sie und raufte sich verzweifelt die zotteligen Haare. „Ich bin schon dreimal durch die Prüfung gefallen, und wenn ich es beim vierten Mal wieder nicht schaffe, dann werde ich für alle Ewigkeiten ein Sumpfgeist.“

Timo zeigte ihr, wie sie sich einen

Spickzettel machen konnte. „Mit Geistertinte. Dann ist die Schrift unsichtbar. Aber wenn ich den Zettel anrülpse, kann ich die Wörter für kurze Zeit lesen.“

Aurelia war begeistert. „Danke, prima Idee!“ Sie gab Timo einen Kuss. Ihre Lippen schmeckten nach gefrorenem Spinat.

Timo war verwirrt. Er spürte den Kuss noch, als er durch die kleine Ortschaft schwebte und in die Häuser schaute. Ein älterer Herr, der nicht schlafen konnte, schlug mit der Fliegenklatsche nach ihm, traf aber nicht. Timo erinnerte sich daran, was der Graue gesagt hatte, und wurde zu Nebel. „Immer diese verdammten Gespenster!“, rief der Alte ihm nach.

Allmählich hatte Timo genug von der Spukerei. Der Himmel wurde schon hell. Bald würde die Sonne aufgehen. Es war Zeit zum Umkehren.

Als Timo in die Dachkammer zurückkam, wachte der Mann gerade auf und reckte und streckte sich.

„Ah ... ich fühle mich wie neugeboren. Es war sehr nett, dass du mich vertreten hast. Ich habe dir das Bett auch hübsch angewärmt. Jetzt gib mir die Hand, damit wir uns wieder zurückverwandeln."

Timo tat es. Sein grauer Arm nahm die gewohnte rosige Farbe an und auch der Schlafanzug wurde wieder bunt. Dafür ergraute der Mann.

„Mach's gut und nochmals vielen Dank!" Damit verschwand das Gespenst.

Als Timo ins Bett schlüpfte, war es tatsächlich kuschelig warm. Timo war todmüde. Er hätte noch tausend Fragen gehabt, aber da fielen ihm schon die Augen zu.

Stunden später rüttelte Oma ihn wach. „Willst du nicht endlich aufstehen und frühstücken, Timo?“

Timo blinzelte verschlafen.

„Hoffentlich hattest du eine gute Nacht“, meinte Oma fürsorglich.

„Oh ja“, antwortete Timo. „Sie war ... äh ... gespenstisch gut!“

Affentheater

„Das ist ein Superplatz“, ruft Timo begeistert. „Das Gelände ist trocken, es liegen keine Steine herum und es gibt genügend Bäume. Ein Bach ist ganz in der Nähe und der See ist auch nicht weit weg.“

„Hä?“ ist alles, was Kathrin hervorbringen kann.

Saskia, Max und Omar scheint es ähnlich zu gehen.

„Noch mal langsam und zum Mitschreiben“, sagt Max. „Warum sollen wir ausgerechnet hier unser Lager aufschlagen?“

„Ganz einfach“, klärt Timo seine Freunde auf. „Die Bäume schützen uns vor Wind und Regen, im Bach können wir uns frisches Trinkwasser besorgen und im See können wir uns waschen!“

„Waschen? Bah!“ Max verzieht das Gesicht.

„Welcher Wind?“, fragt Kathrin. „Hier geht doch nicht mal ein laues Lüftchen.“

„Genau“, pflichtet Saskia ihrer Freundin bei. „Und regnen soll es die nächsten Tage nicht.“

„Und ich trink bestimmt nicht aus dem Tümpel da vorne“, sagt Omar entschieden.

Timo zuckt nur mit den Achseln.

Während die anderen das Zelt aufbauen, packt er in aller Ruhe seinen riesigen

Rucksack aus: Kleidung zum Wechseln, ein zweites Paar Schuhe, Waschzeug, eine Taschenlampe, eine Kerze, Streichhölzer, Messer, Gabel, Löffel, einen flachen Teller, einen tiefen Teller – Timo hat an alles gedacht.

„Was ist das denn?“ Kathrin prustet los. In der Hand hält sie eine Rolle Klopapier.

„Ihr werdet schon sehen“, meint Timo. „Die Sachen werden wir noch brauchen. Das steht alles in meinem Buch.“

„Ich glaub’s ja wohl nicht“, ruft Saskia und lacht. „Du hast ein Buch, in dem steht, wie man richtig zeltet?“

„Na und? Ich will eben auf alles vorbereitet sein“, sagt Timo. „Und deshalb sammeln wir jetzt auch unseren ganzen Proviant. Wir legen alles in diese Stofftasche hier und hängen sie in den Baum da vorn.“

„Wozu das denn?“, wundert sich Omar.

„Erstens ist es im Schatten kühler und zweitens halten wir so ungebetene

Waldbewohner vom Zelt fern“, sagt Timo. Er hält Max auffordernd die Tasche hin. Doch der schüttelt den Kopf.

„Die Waldbewohner haben wohl schon deine Gehirnwindungen angeknabbert“, meint er und lacht. „Das ist doch alles Affentheater! Ich geh jetzt baden. Kommt jemand mit ins Wasser?“

„Ja!“, rufen Kathrin, Saskia und Omar wie aus einem Mund. Die drei schleppen ihr Gepäck ins Zelt und ziehen sich blitzschnell um. Nur Max lässt seine Sachen draußen liegen.

Einen Augenblick später kann Timo die vier bereits im Wasser juchzen und kreischen hören. Natürlich möchte er auch baden. Aber er muss ja erst sein Essen in Sicherheit bringen! Er stopft seinen Proviant in die Tasche und bindet sie an ein Seil. Dann läuft er zu dem Baum. Er wirft das Seil über einen Ast, zieht den Beutel hoch und wickelt das Seil um den dicken Baumstamm. Noch zwei dicke Knoten – geschafft! Jetzt zieht auch Timo seine Badehose an und folgt den anderen hinunter zum See.

Über eine Stunde bleiben die fünf Freunde im Wasser, bis plötzlich alle großen Hunger haben. Gemeinsam laufen sie zu ihrem Zeltplatz.

Doch dort wartet eine böse Überraschung: Ameisen!

Max schreit auf. Tausende dieser kleinen schwarzen Krabbeltiere machen sich gerade über seine belegten Brötchen her.

„Oh nein!“, stöhnt er auf. „Hätte ich bloß auf dich gehört, Timo! Echt, nächstes Mal besorge ich mir auch so ein Buch.“

Plötzlich fängt Kathrin an zu kichern.

„Das würde ich nicht tun“, sagt sie. „Seht nur!“

Zehn Augen starren zu dem Baum, an dem Timos Essen hängt. Noch. Denn auf einer Seite der Stofftasche klafft ein riesiges Loch und eine komplette Eichhörnchenfamilie macht sich genüsslich über Timos Brote und Äpfel her.

„He, haut ab, ihr blöden Viecher!“, schimpft Timo.

Doch die Eichhörnchen lassen sich nicht so leicht vertreiben. Erst als Timo den Knoten löst und der Beutel auf den Boden plumpst, verschwinden sie schnell. Die Tasche ist leer.

„Offenbar haben die Eichhörnchen dein Buch auch gelesen!“, meint Max und lacht.

Der tapfere Prinz Keule

Auf dem Planeten Solaris regierte der Sonnenkönig. Seine Untertanen nannten ihn so, weil er nett war, warmherzig und ein bisschen rundlich.

Seine Tochter, die Sonnenprinzessin, wurde Sönnlein genannt. Der Name passte gut zu ihr, denn sie hatte Haare so leuchtend wie Sonnenstrahlen.

Prinzessin Sönnlein lernte eines Tages bei einem Fest einen Prinzen kennen. Er kam vom Planeten Hammel und hieß Keule. Seine Haare und seine Augen waren schwarz wie die Nacht. Das gefiel Prinzessin Sönnlein sehr, denn blond war sie ja selbst.

Prinz Keule flog einen pinkfarbenen Raumgleiter. Mit ihm hatte er schon viele gefährliche Abenteuer erlebt. Nur zu gern erzählte er Prinzessin Sönnlein davon. Und sie hörte mit großen Augen zu.

Als Prinz Keule merkte, wie sehr sie ihn

bewunderte, sagte er: „Du bist das hübscheste Mädchen, das ich je gesehen habe. Sei meine Sonne, Sönnlein!“

Prinzessin Sönnlein schmolz dahin, als sie seine Liebesschwüre hörte, und sagte sofort „Ja“.

Doch der Sonnenkönig war wütend. Er hatte einen ganz anderen Schwiegersohn im Auge. Für ihn war der Planet Hammel klein und unwichtig, genau wie Prinz Keule. Der Sonnenkönig wollte für seine Tochter einen Mann wie Tyrannos, den

General der Vereinigten Weltraum-streitkräfte, oder den reichen Fürsten Dia vom Planeten Mant.

Da der Sonnenkönig von einer Hochzeit seiner Tochter mit Prinz Keule nichts wissen wollte, flohen die beiden in dem pinkfarbenen Raumgleiter vom Planeten Solaris. Sie wollten zum Planeten Hammel fliegen, um dort zu heiraten.

Aber leider konnte der Prinz viel besser küssen als Raumschiffe steuern und Sternkarten lesen. Er war nämlich noch nie allein geflogen, sondern immer nur in Begleitung seiner Untertanen, die alle Arbeit an Bord für ihn erledigt hatten.

So sausten sie im Zickzackkurs durch den Weltraum, bis Prinz Keule vor Müdigkeit fast über dem Steuer eingeschlafen wäre. Er wollte einfach nicht zugeben, dass er nicht wusste, wo sie waren.

Prinzessin Sönnlein guckte inzwischen aus dem großen Fenster und bewunderte die Sterne.

„Soll ich dir helfen?“, fragte sie.

Prinz Keule schüttelte den Kopf. „Nein, nicht nötig. Ich habe alles im Griff.“

„Na gut“, dachte die Prinzessin, gähnte und legte sich schlafen.

Zwei Stunden später steuerte Prinz Keule einen kleinen Planeten an. Er wollte dort auf einer winzigen Insel notlanden. Leider schaffte er es nicht ganz. Sein pinkfarbener Raumgleiter platschte ins Wasser und trieb auf den Wellen.

„So ein Mist!“, jammerte er. „Was soll ich denn jetzt machen? Ich hab keinen blassen Schimmer, wo wir sind. Wie sollen wir nur nach Hause kommen?“

Von dem Schaukeln der Wellen wurde Prinzessin Sönnlein wach. Mit einem Blick hatte sie die brenzlige Lage erfasst.

„Keulchen, was ist passiert?“, rief sie. „Du bist ja ganz grün im Gesicht!“

Prinz Keule hielt sich die Hand vor den Mund und rülpste. „Mir ist schlecht. Ich kann diese Wackelei nicht ertragen.“

„Aber Keulchen!“, lachte Prinzessin Sönnlein. „Das macht doch Spaß! Es ist wie Weltraumachterbahn.“

„Ich bin nie Weltraumachterbahn gefahren. Mein Vater sagt, das ist zu gefährlich.“

„Nun trink erst mal einen Sternschnuppentee! Dann wird es dir bestimmt gleich besser gehen“, sagte Prinzessin Sönnlein.

„Danke“, seufzte Prinz Keule. „Du bist wirklich meine Sonne. Es geht mir jetzt schon viel besser.“

Nach dem Teetrinken zeigte Prinzessin Sönnlein Prinz Keule, wie man Weltraumkarten liest und Flugstraßen zwischen den Sternen findet. Das strengte ihn so an, dass ihm beinahe wieder die Augen zufielen.

„Leg dich hin und ruh dich aus! Ich bringe uns zurück nach Solaris“, sagte Prinzessin Sönnlein.

Während sie ihm das Kopfkissen

aufschüttelte, fragte Prinz Keule noch schlaftrunken: „Warum nach Solaris? Warum nicht nach Hammel?“

„Von Hammel sind wir viel zu weit weg. Dafür reicht unser Treibstoff gar nicht mehr. Aber nach Solaris könnten wir es gerade schaffen.“

Erleichtert schlief Prinz Keule ein und Prinzessin Sönnlein flog den pinkfarbenen Raumgleiter sicher zum Planeten Solaris zurück.

Der Sonnenkönig hatte sich bereits große Sorgen gemacht.

Als Prinzessin Sönnlein mit dem pinkfarbenen Raumgleiter auf dem königlichen Flugplatz direkt vor dem Palast landete, stürzte er im Morgenmantel zur Tür. In dem Moment stieg Prinz Keule gähnend aus.

„Ich komme sofort!“, rief Prinzessin Sönnlein ihm nach. „Ich schalte nur noch alle Maschinen ab!“

Wenig später trat sie an die frische Luft und traute kaum ihren Augen: Ihr Vater umarmte gerade Prinz Keule und rief: „Du hast meine Tochter gerettet!“

„Hä?“ Prinz Keule guckte verwirrt.

„Ohne dich wäre sie in den Weiten des Weltraums verloren gewesen!“, tönte der Sonnenkönig.

Prinzessin Sönnlein fing an zu kichern. Dann machte sie ein ernstes Gesicht und sagte: „Wusstest du nicht, Papa, dass Prinz Keule ein ganz großer Held ist?“

Vier Wochen später fand die Hochzeit statt, seitdem sind Prinzessin Sönnlein und Prinz Keule das glücklichste Paar im Weltraum.

Ein wahrer Held

Die Sonne schien hell und warm und die Vögel zwitscherten vergnügt. Ritter Raimund freute sich. Er hatte sich einen wunderschönen Tag ausgesucht, um sein Drachentöter-Diplom zu erwerben. Mit einem schnellen Griff vergewisserte er sich, dass er sein Schwert bei sich trug. Denn das gehörte zur Grundausstattung eines jeden Drachentöters, genauso wie die Ritterrüstung, der Schild und das Pferd, das ihn durch den Wald trug.

Gegen Mittag erreichte Raimund sein Ziel: das Drachental. Vorsichtig lenkte der Ritter das Pferd ins Tal hinab. Er konnte die Vorfreude auf seinen ersten Drachenkampf kaum bändigen. Deshalb lief ihm ein freudiger Schauer über den Rücken, als er im Eingang einer Felsenhöhle einen schlafenden Drachen erblickte.

Er sprang aus dem Sattel und räusperte sich laut.

Verschlafen öffnete der Drache sein linkes Auge.

Raimund stemmte die Hände in die Hüften und verkündete: „Ich bin gekommen, um … nun ja, wie soll ich sagen …“, er räusperte sich noch einmal, „… gekommen, um dich zu töten und dir eine Schuppe abzunehmen, damit ich mein Drachentöter-Diplom erhalte.“

Nun öffnete der Drache auch sein rechtes Auge und ließ einen abschätzigen Blick über den Ritter gleiten: „Wer bist du, dass du es wagst, so mit mir zu reden?“

„Ich bin Ritter Raimund, ein wahrer Held!“, erklärte Raimund.

Der Drache schnaubte verächtlich und kleine Rauchwölkchen stiegen aus seinen Nasenlöchern auf. Langsam richtete er sich zu seiner ganzen Größe auf. Zusammengerollt hatte der Drache noch so klein und harmlos gewirkt, aber jetzt musste Raimund den Kopf ganz in den Nacken legen, um überhaupt die Nasenspitze seines Gegners sehen zu können.

„Na, dann komm mal her!“, forderte der Drache den Ritter auf.

„Einen Moment noch!“, bat Raimund und zog das Schwert aus der Scheide.

Mit ungläubigem Blick beobachtete der Drache, wie sein Gegner vor und zurück hüpfte und dabei mit dem Schwert ziellos herumfuchtelte.

„Was soll denn das Gehampel?“, knurrte der Drache.

„Das sind Auflockerungsübungen für die Muskeln“, erklärte Raimund. „Sie beugen Zerrungen vor!“

Nun klappte er sein Visier runter und aus dem Helm dröhnte ein hohles: „Es kann losgehen!“

Da beugte der Drache seinen Kopf weit nach hinten und holte tief Luft, um den Ritter mit einem einzigen Feuerschwall zu vernichten.

Aber bevor er seinen feurigen Atem auf Raimund schleudern konnte, rief dieser plötzlich: „Auszeit!“

„Was?!“, schnaubte der Drache fassungslos. „Wir haben doch noch nicht mal angefangen!“

„Feuerspucken ist verboten!“, erklärte Raimund.

„Wieso das denn?“, zischte der Drache.

„Es ist unfair“, meinte Raimund.

„Ich bin ein Drache und Drachen spucken Feuer!", verteidigte sich der Drache.

Bedauernd breitete Raimund die Hände aus: „So leid es mir tut, Feuerspucken gilt nicht!"

„Ich krieg dich auch so, Bürschchen!", grollte der Drache, als Raimund, jetzt sein Schwert schwingend, vor ihm hin und her tänzelte. Kunstvoll schleuderte der Drache nun seinen gezackten Schwanz durch die Luft und hieb mehrere Bäume damit um.

„Stopp!!!“, rief Raimund plötzlich laut.

Mit einem lauten Knall plumpste der Drachenschwanz auf den Boden. „Was ist denn jetzt wieder los?“, fauchte der Drache. Jedes seiner Worte wurde von kleinen Feuerblitzen begleitet.

„Schwanzpeitschen verstößt ebenfalls gegen die Regeln!“, klärte Raimund den Drachen auf. „Du musst doch zugeben, dass du mit ungerechten Mitteln kämpfst. Ich meine, schau dich doch mal an. Du bist viel größer und kräftiger als ich. Du musst mir schon eine Chance geben!“

Verwirrt blinzelte der Drache den kleinen Ritter an.

Dann rollte er sich beleidigt zusammen und knurrte: „Ich mach nicht mehr mit!“

Raimund schob das Visier hoch. „Du stehst jetzt sofort auf und kämpfst mit mir!“

Aber der Drache winkte ab und drehte seinen Kopf weg.

„Du hast wohl Angst vor mir, was?!“, mutmaßte der Ritter.

Ganz fest kniff der Drache die Augen zu und drückte die Klauen auf die Ohren.

„Du bist eine Schande für alle Drachen!“, schimpfte Raimund.

„Lass mich in Ruhe!“, brüllte jetzt der Drache. „Du machst mich fertig, ehrlich!“

Mit den Zähnen riss er sich eine Schuppe aus und spuckte sie dem Ritter vor die Füße. „Nimm die, verlass das Drachental und komm nie wieder zurück!“

„Oh, danke!“, freute sich Raimund, hob die Schuppe auf und schwang sich in den Sattel seines Pferdes. „Sei nicht traurig, mein Lieber“, tröstete Raimund den Drachen zum Abschied. „Denn schließlich bist du von einem wahren Helden geschlagen worden!“

Der Schatz in der Höhle

Jerry sitzt am See. Er hat sich selbst eine Angel gebaut und wartet geduldig. Noch hat kein Fisch angebissen. Jerry seufzt. Wie schön wäre es doch, wenn er einen Freund hätte.

Aber die Farm seiner Eltern liegt weitab vom nächsten Dorf.

Plötzlich platscht vor ihm ein großer Stein ins Wasser. Jerry wird von oben bis unten nass gespritzt.

„He!“, ruft er ärgerlich.

Aus dem Gebüsch springt lachend ein Indianermädchen. Jerry wirft die Angel zur Seite und rast ihr hinterher.

„Wenn ich dich erwische!“, ruft er, aber er erwischt sie nicht.

„Ich heiße Sonnenwirbel!“, lacht das Mädchen. „Gibst du auf? Du fängst mich ja doch nicht!“

„Okay, lass uns eine Pause machen!“, keucht Jerry.

Außer Atem lassen sich beide ins Gras fallen.

„Und was machen wir jetzt?“, fragt Jerry.

„Möchtest du einen Schatz suchen?“, fragt Sonnenwirbel.

„Au ja!“, ruft Jerry. „Aber wo?“

Sonnenwirbel kennt eine Höhle. Aber allein traut sie sich nicht hinein.

„Es gibt eine Legende von einer alten Indianerhöhle hier beim Goldenen Fluss“, erzählt sie. „Ein tapferer Häuptling hat darin vor langer Zeit seinen Tomahawk versteckt! Er ist ganz aus Gold und hat Zauberkräfte!“

Jerry ist begeistert: Endlich ein richtiges Abenteuer! Natürlich will er sofort los.

„Wir brauchen noch Licht!“, sagt Sonnenwirbel.

„Kein Problem!“, ruft Jerry und ist auch schon verschwunden.

Wenig später kommt er wieder. In der Hand schwenkt er eine Petroleumlampe und eine Tasche mit Proviant.

„Zum Glück haben meine Eltern nichts gemerkt!“ Jerry lacht fröhlich. „Jetzt kann es losgehen!“

Sonnenwirbel zeigt ihm den Weg. Dichtes Gebüsch verbirgt den Höhleneingang. Jerry hätte ihn niemals selbst gefunden. Gemeinsam starren sie in den schmalen, schwarzen Gang. Ein eisiger Lufthauch weht ihnen entgegen.

„Traust du dich?“, fragt Sonnenwirbel flüsternd.

„Klar!“, sagt Jerry sofort. Im Stillen überlegt er aber, ob er auch allein dort hineingehen würde. Wohl kaum!

Jerry zündet seine Lampe an und geht mutig vor. Sonnenwirbel bleibt dicht hinter ihm.

Der Gang ist schmal und niedrig, die felsigen Wände sind feucht und kalt.

Auf einmal bleibt Jerry stehen. „Nach rechts oder nach links?“, fragt er.

Sonnenwirbel zuckt mit den Schultern. „Entscheide du!“

„Wir gehen am besten immer rechts, dann finden wir auf dem Rückweg ganz einfach wieder heraus!“, schlägt er vor.

Sie sind schon eine ganze Weile gegangen, als plötzlich etwas Großes, Schwarzes über Jerrys Kopf surrt.

„Hilfe!“ Jerry lässt vor Schreck die Lampe fallen. Klirrend kracht sie zu Boden.

„Das war doch nur eine harmlose Fledermaus!“, ruft Sonnenwirbel.

„Tut mir leid!“, stammelt Jerry.

Beiden ist schrecklich mulmig zumute. Ohne Lampe ist es stockfinster.

„Gib mir deine Hand!“, sagt Sonnenwirbel. „Wir müssen versuchen, im Dunkeln herauszufinden.“

Vorsichtig tasten sie sich den Gang zurück. Bei jeder Abzweigung nehmen sie nun den linken Gang. Doch so weit sie auch laufen, die Höhle nimmt kein Ende.

„So geht das nicht weiter!“, seufzt Sonnenwirbel. Erschöpft kauern sie sich an die Felswand.

„Wir müssen im Dunklen einen Gang verpasst haben!“, sagt Sonnenwirbel mit heiserer Stimme. „Wir haben uns hoffnungslos verlaufen!“

Jerry schluckt. Doch dann drückt er die Hand von Sonnenwirbel fester. „Mach dir keine Sorgen. Wir finden schon wieder heraus! Ganz bestimmt! Aber erst machen wir eine Pause!“

Sie wissen nicht, wie lange sie im Dunkeln gesessen haben, als sie auf einmal eine Stimme hören.

„Sonnenwirbel! Wo bist du?“

Sonnenwirbel strahlt: „Das ist mein Vater!“

Dann ruft sie, so laut sie kann: „Hier sind wir! Hallo! Hier!“

Jerry und sie rufen so lange, bis Häuptling Schwarzes Pferd sie gefunden hat.

Er führt sie schnell aus der Höhle. Der Eingang war gar nicht mehr weit ...

Draußen fällt Sonnenwirbel ihrem Vater um den Hals.

„Woher wusstest du nur, dass wir in der Höhle sind?“, fragt sie.

„Der Heilige Mann hat es mir gesagt!“, antwortet ihr Vater.

„Der Medizinmann?“, fragt Jerry. „Woher wusste er das?“

„Der Heilige Mann weiß viel!“, sagt Schwarzes Pferd geheimnisvoll. „Er hat mir auch gesagt, dass Sonnenwirbel einen wertvollen Schatz finden wird.“

„Das stimmt ja gar nicht!“, ruft Jerry gleich. „Alles scheint er doch nicht zu wissen!“

Sonnenwirbel schaut zu Boden. „Wir

haben den goldenen Tomahawk gesucht, aber gefunden haben wir ihn nicht!“

„Wer spricht denn von Gold und Silber?“, fragt der Häuptling und nickt Jerry freundlich zu. „Ihr habt etwas gefunden, was viel wertvoller ist: nämlich einen Freund!“

„Stimmt!“ Jerry und Sonnenwirbel lachen sich an. Dann hat der Heilige Mann also doch recht!

Mit allen Tricks

Die Mitglieder des Geheimklubs *Die Flinken Felgen* schraubten in der Garage an ihren Fahrrädern herum.

„Ich glaube, du hast ein Rad ab“, lästerte Marvin. Er wollte Tassilo ärgern, der gerade das Vorderrad von seinem lila Spezial-Mountainbike montiert hatte. Tassilo war der beste Tüftler der Gruppe, ein echtes Superhirn. Sein Fahrrad hatte knallrote Stoßdämpfer. Der Lenker war nach unten gekrümmt wie bei einer Rennmaschine. Überall am Rahmen blitzten Windabweiser.

„Mein Rad ist das schnellste“, erklärte Tassilo stolz.

Plötzlich ertönte schallendes Gelächter. „Das kunterbunte Dingsda soll schnell sein? Ich lach mich kaputt. Mit dieser lila Kuh kannst du höchstens im Zirkus auftreten!“

Unbemerkt waren die *Flotten Flegel* vor der Garage aufgetaucht. Piekfeine Typen auf sündhaft teuren Rennrädern.

Tassilo blickte wütend hoch: „Und ob diese Maschine schnell ist, du Lackaffe!“

Rolf, der Anführer der *Flotten Flegel*, grinste breit: „Okay, du Angeber. Wie wär's mit einem Wettrennen?“

Tassilo ballte die Fäuste: „Das kannst du haben. In einer Stunde. Einmal durch das Tannenwäldchen.“

Die *Flotten Flegel* verschwanden.

„Das wird eng“, befürchtete Marvin. „Die haben schnelle Räder.“

„Unsinn, das packen wir“, winkte Tassilo ab. „Du wirst fahren. Du hast die stärksten Beine. Außerdem habe ich noch ein paar Tricks auf Lager.“

Kurz darauf standen Marvin und Rolf am Start. Tassilo hatte Marvin einen komischen Helm übergestülpt. Außerdem hatte das lila Rad eine ungewöhnlich dicke Pumpe und jede Menge seltsame Knöpfe am Lenker.

„Auf die Plätze, fertig, los!“

Marvin gab alles. Er fuhr schnell wie der

Wind. Schon bald hatte er einen Vorsprung herausgeholt. Aber dann passierte es: *Poff!* Die Luft aus Marvins Vorderrad entwich. Fast wäre er gestürzt. Im letzten Moment konnte er bremsen. Kein Wunder, dass er einen Platten hatte – überall lagen Nägel herum. „Das waren bestimmt die *Flotten Flegel*“, vermutete Marvin.

Da flitzte Rolf vorbei. „Machst du etwa schon schlapp?“, rief er. „Wir sehen uns am Ziel, haha!“

Verzweifelt griff Marvin zur Pumpe. „Pumpt und flickt in einem“, las er auf dem Etikett. Ein Versuch konnte nicht schaden. Und tatsächlich – langsam füllte sich der Reifen wieder! Anscheinend blies die Pumpe auch ein Flickzeug in den Reifen. Marvin schwang sich auf den Sattel und nahm die Verfolgung auf. Die Wut über die Nägel verlieh dem Jungen neue Kräfte. Er begann zu schwitzen.

„Jetzt etwas zu trinken“, dachte Marvin laut.

„Kein Problem, zieh den Strohhalm aus dem Helm und nimm einen Schluck von meinem Mega-Fit-Drink!“, erklang Tassilos Stimme aus dem Helm.

Marvin glaubte zu träumen.

„Wir haben Funkkontakt“, erklärte Tassilo. „Ich kann dich außerdem vom Hügel aus sehen. Und wenn du den kleinen Knopf oben rechts am Helm drehst, geht ein Ventilator an.“

Marvin wunderte sich über nichts mehr. Auch nicht darüber, dass plötzlich seine Lieblingsmusik aus dem Helm dröhnte. Oder darüber, dass im Lenker Traubenzucker-Päckchen steckten.

Als es bergab ging, ertönte wieder Tassilos Stimme: „Gib Gas, Marvin!“

Bevor Marvin etwas erwidern konnte, senkte sich der Lenker und der Sattel ging nach oben. Wie ein Keil flitzte Marvin den Hang hinab – und an Rolf vorbei!

Doch dann folgte die nächste Falle: Eine Tanne stürzte genau vor Marvin auf den Weg. Die *Flotten Flegel* hatten sie gefällt.

„Lass dich auf den Sattel fallen!“, schrie Tassilo.

Marvin gehorchte. Die roten Stoßdämpfer drückten sich tief nach unten, dann schleuderten sie das Rad nach oben.

Marvin schloss die Augen. Das konnte doch unmöglich gut gehen!

Das Mountainbike hob ab. Elegant flog es über den Baum. Nach einem heftigen Schlag riss Marvin die Augen wieder auf: Das Fahrrad war sicher gelandet. Er trat noch ein paarmal kräftig in die Pedale, dann war es geschafft. Marvin flitzte über die Ziellinie!

„Gewonnen!“, brüllte er.

Seine Freunde von den *Flinken Felgen* feierten ihn und Tassilo.

Als sich Marvin umdrehte, sah er gerade noch, wie Rolf in die Tanne rauschte.

Marvin lief zu ihm und half ihm hoch. „Schwaches Bild, mein Lieber. Ihr habt es mit allen Tricks probiert."

„Ja", knurrte Rolf. Er zupfte sich die Tannennadeln aus den Haaren. „Ihr aber auch."

Marvin lachte: „Stimmt. Aber unsere Tricks waren einfach besser!"

Quellenverzeichnis

S. 7–17
Manfred Mai, *Mister X*,
aus: ders., Leselöwen-Detektivgeschichten, farbig illustriert von Wilfried Gebhard.

S. 18–23
Julia Boehme, *Das Duell im Schlangental*, aus: dies., Leselöwen-Wildwestgeschichten, farbig illustriert von Jan Birck.

S. 24–33
Milena Baisch, *Tom*,
aus: dies., Leselöwen-Freundschaftsgeschichten, farbig illustriert von Dorothea Tust.

S. 34–43
Julia Boehme, *Ein echter Cowboy*, aus: dies., Leselöwen-Wildwestgeschichten, farbig illustriert von Jan Birck.

S. 44–49
Klaus-Peter Wolf, *Die Entdeckung der Erde*, aus: ders., Leselöwen-Weltraumgeschichten, farbig illustriert von Heinz Ortner.

S. 50–58
Ulli Schubert, *Indianer im Stadtpark*, aus: ders., Leselöwen-Zeltlagergeschichten, farbig illustriert von Irmgard Paule.

S. 59–66
Werner Färber, *Verstopfte Spürnase*, aus: ders., Leselöwen-Krimigeschichten, farbig illustriert von Dorothea Tust.

S. 67–73
Marliese Arold, *Das Gänsehaut-Pulver*, aus: dies., Leselöwen-Gänsehautgeschichten, farbig illustriert von Ralf Butschkow.

S. 74–84
Marliese Arold, *Klassenfahrt ins Mittelalter*, aus: dies., Leselöwen-Ritterburggeschichten, farbig illustriert von Christian Zimmer.

S. 85–90
Manfred Mai, *Ein ungewöhnlicher Spieler*, aus: ders., Leselöwen-Bolzplatzgeschichten, farbig illustriert von Heribert Schulmeyer.

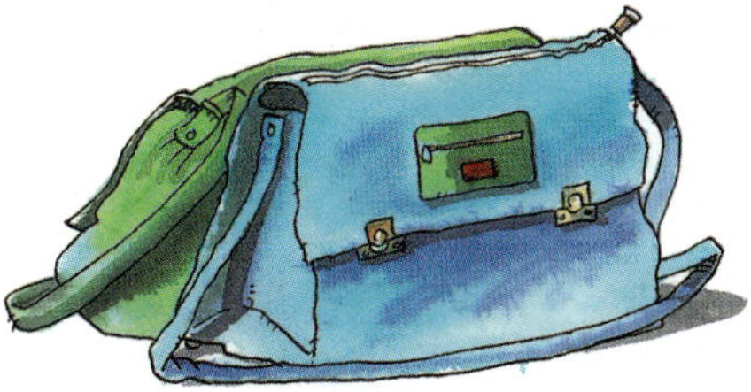